MINITENDON64

美麗的米昂公主
被巫嘉魯斯綁架了，
你能不能把她救出來？

快放下
你的寶劍，

拿起遙控器吧，
只有你能
維護和平!!

近日推出　敬請期待!!

本遊戲為小天堂64專用軟體。
無法使用於其他機種。

初次發售限定五千套，
隨軟體附贈限量典藏版
米昂公主公仔。

HETORIS

松鼠的屁．屁屁不絕的拼圖遊戲

「屁和松鼠」 同步上市！

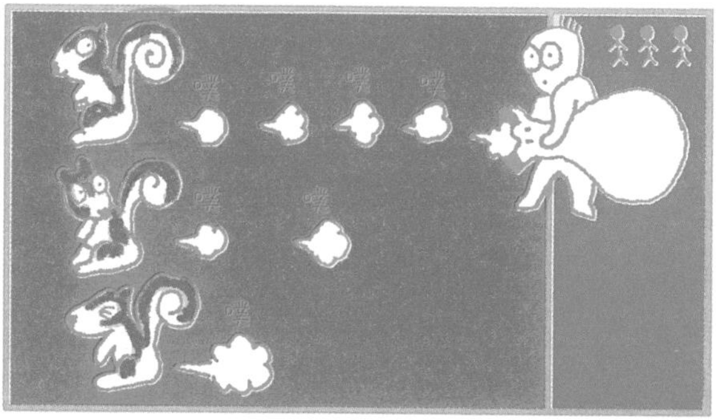

盒底均標示有限量編號

怪傑佐羅力之
電玩大危機

文·圖 **原裕**　譯　王蘊潔

電玩店的門口，放了一台遊戲機，讓客人可以試玩，但是，佐羅力一個人霸占那部機器整整八個小時，就是不給別人玩。

新遊戲每人每次試玩
限時10分鐘。
電玩遊戲裡那個好可愛、好可愛的米昂公主遭到綁架了。本大爺當然要全力拯救她！
噓噓
伊豬豬他們忙著把想試玩的小孩子統統趕回家。

終於，遊戲關卡來到了最後的緊要關頭，為了打敗最後一隻怪獸，佐羅力使出了必殺絕技。

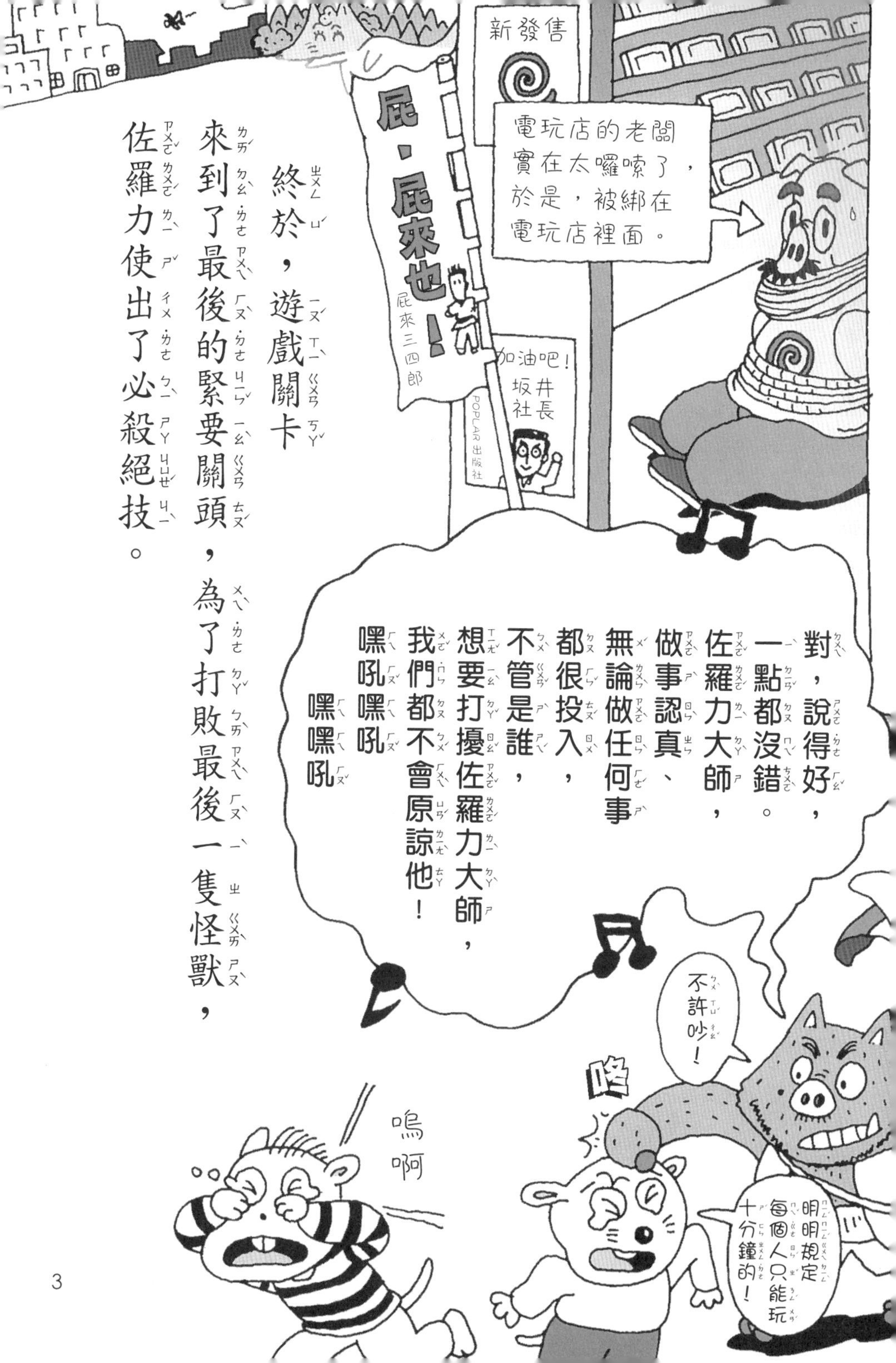

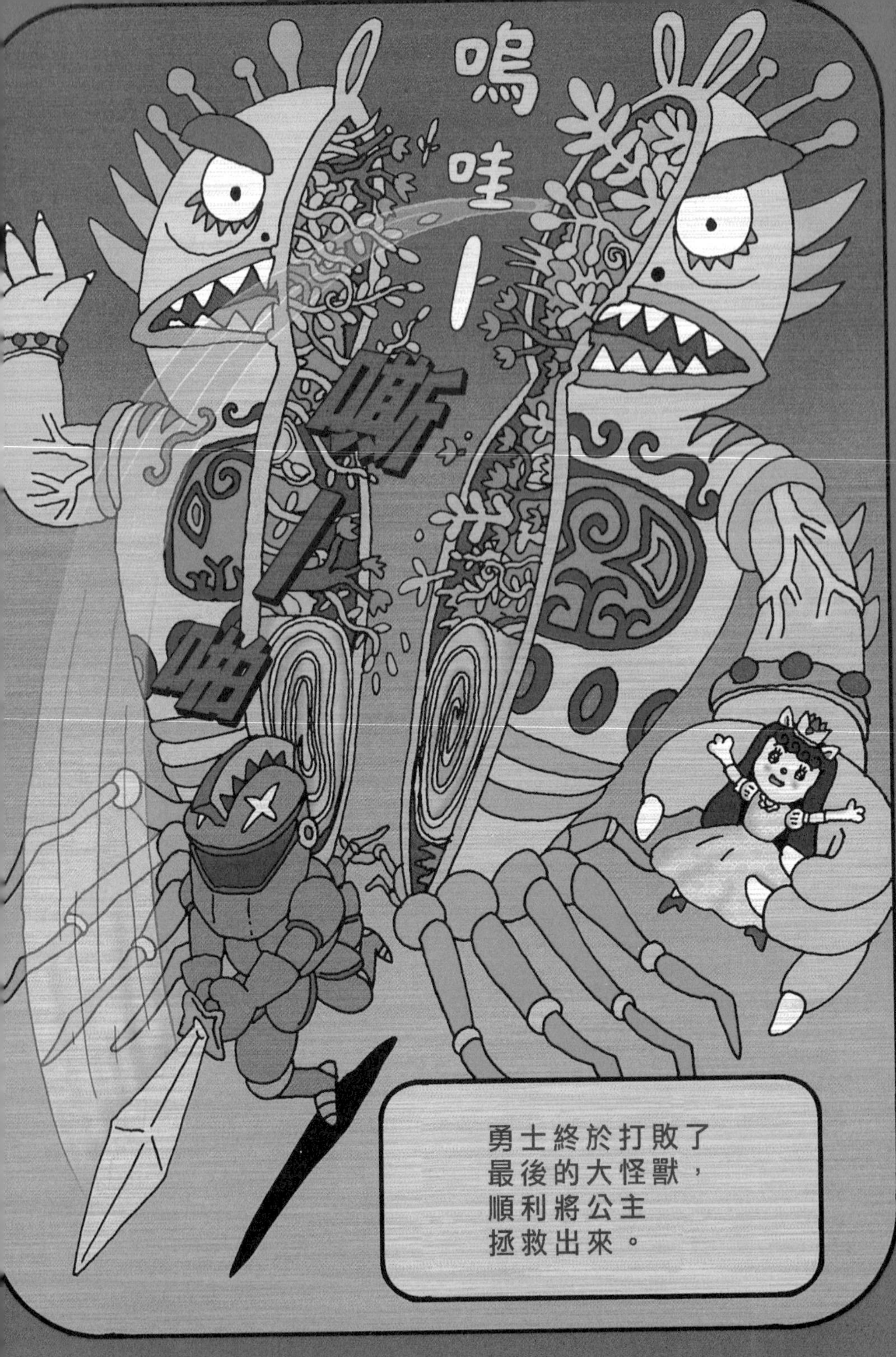
嗚哇！
嘶！
啪
勇士終於打敗了
最後的大怪獸，
順利將公主
拯救出來。

電玩遊戲中的冒險終於結束了。

「太厲害了，真不愧是佐羅力大師，
連剛剛推出的新遊戲，
也只花了區區八個小時就搞定了。」

伊豬豬忍不住拍馬屁。

「沒什麼，沒你說的那麼厲害啦。」

佐羅力一臉得意洋洋，
他正打算放下遙控器。

就在這時——

電視螢幕裡的米昂公主竟然露出傷心的表情，對佐羅力說：

「不，遊戲還沒有結束，因為，我還被關在這裡，你並沒有把我從這裡救出去。」

「什麼？你說什麼？」

佐羅力目瞪口呆的盯著電視看。

「現在，你聽我說，
你按照我的指示操作遙控器的按鍵。
先按十字鍵的上面四次，
再按下面三次，然後，
再用你的尖鼻子，
按A鍵六次。現在趕快按！」
佐羅力被米昂公主的氣勢嚇到了！
乖乖的按照她的指示按下了按鍵。
結果……

新遊戲每人每次試玩
限時10分鐘。
……電視螢幕突然裂成了兩半，
米昂公主竟然從電視裡飛了出來。
哇～
謝謝你，
我終於恢復自由了。
你才是我真正的
白馬王子。

佐羅力
完全搞不清楚
到底發生了什麼事。
但是，美麗的米昂公主
親了他的臉頰，
讓他的心臟，
忍不住
噗通噗通的跳。

「好了，
現在趕快帶我
去約會吧。」
米昂公主
挽起佐羅力的手臂，
飛快的往外跑。
伊豬豬和魯豬豬只能
慌忙拔腿跟著
追過去。

新遊戲每人每次試玩
限時10分鐘。

等等我們～
佐羅力大師，千萬不要丟下我們啊！

但是，
沒人知道
就在佐羅力他們
離開之後，
竟然有好幾個
黑色的影子，
從電視畫面的裂縫中，
跑出來了。

這天晚上，
佐羅力他們像平時一樣在野外露宿。
佐羅力說：
「米昂公主，對不起，
我決定今天就睡在這個公園裡，
只好請你忍耐一下了。」
「哇，原來這就是
別人說的露營啊！
可以數著星星睡覺，

不可以
在公園裡
起火。
其實，
也不可以
在公園裡露營。

實在太浪漫了。」

看到米昂公主一臉興奮的樣子，佐羅力總算稍稍鬆了一口氣。

「對了，我想請問一下，那個遊戲原本就是要把公主從電視裡面救出來嗎？」

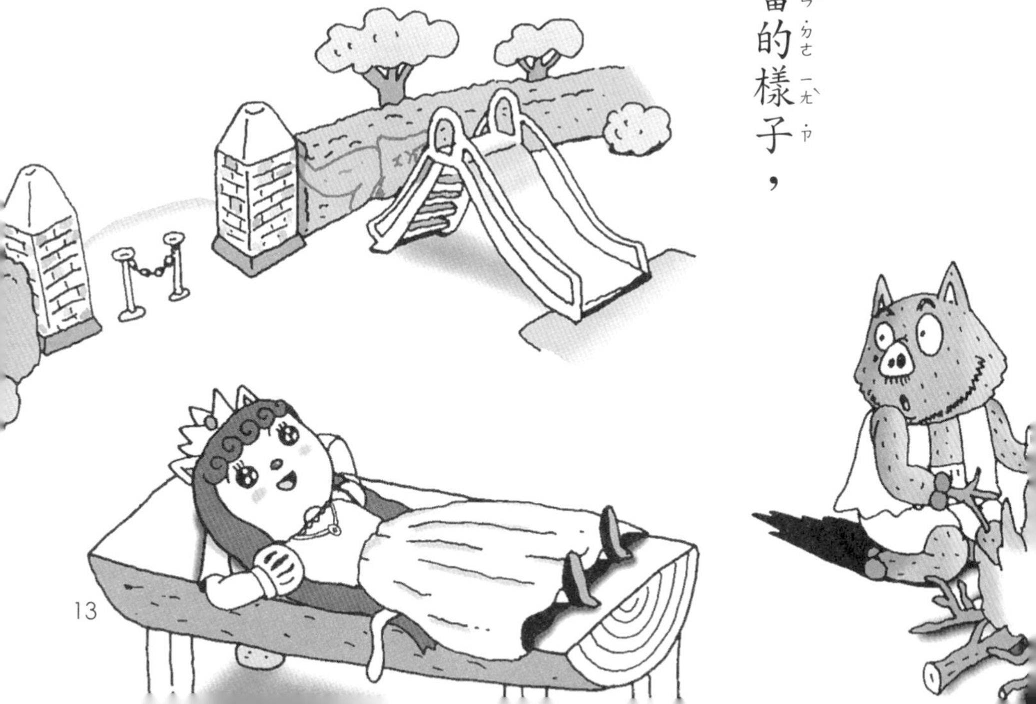

①不是的。
是我自己決定，
要從遊戲世界裡
逃出來。
因為，我在電玩遊戲裡面，
一直被關著，
哪也去不了。
②好不容易，
等到王子
來救我了，
可是，
遊戲也已經
結束了。
③等下一次遊戲重新開始的時候，
我又馬上被怪獸抓走，
而且，立刻又被
關起來了。
咦？

我再也不想整天都過同樣的生活了。
我也希望，
可以像其他的女孩子一樣，
能夠自由自在、
快快樂樂的玩耍。
所以，趁著被怪獸關著、
哪裡都去不了的時候，
我一直在仔細調查
這個遊戲的祕密。
結果，
終於被我找到了!!
啊，這個！
找到什麼？
GAME

「我終於找到
能夠逃出那個遊戲的祕技。
於是，我決定要讓
第一個成功破關救出我的人，
把我從遊戲裡放出來。
佐羅力，這個人就是你。
我真的很感謝你。
啊啊，
我真的太興奮了。

這就是寫有祕技的便條紙
✚字鍵的上面，連續按4次，然後下面按3次，再用鼻子按A鍵6次。

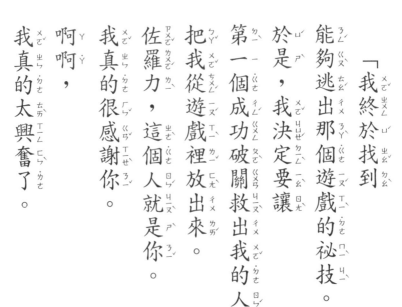

明天，
要玩什麼好呢？
嚕嚕嚕嗯嚕嗯……」

過了一會兒，
原本興致高昂的米昂公主，
說著說著就睡著了，
還發出了均勻的
鼻息聲。

佐羅力大師，我覺得，還是趕快把米昂公主送回遊戲裡去比較好。
你這個笨蛋，就算是遊戲王國的公主，但她怎麼說也是堂堂一個公主，如果能夠和她結婚的話，我就可以擁有一座豪華的城堡了。

沒錯，機不可失，時不再來，也許下次再也遇不到這種好機會了。我要用我的溫柔，擄獲米昂公主的芳心，
我一定要成為一國之王，讓大家瞧瞧。

那個米昂公主好像也對佐羅力大師很有好感，我覺得你們真的是郎才女貌，天生的一對。
得嘿嘿…
對啊，我也覺得。只要有辦法能夠讓你們結婚，我們一定會兩肋插刀，幫忙幫到底。
嗯嗯，我能有你們這兩個可靠的小弟，實在是太幸福了。那就拜託你們了!!
佐羅力三人的手，彼此緊緊的、緊緊的握了好一會兒，然後才去睡覺。
用力緊握

第二天，米昂公主一醒過來，就對佐羅力說：

佐羅力，我最想做的第一件事，就是去買衣服，沒問題吧？我在城堡裡，每天都只能穿長禮服，動作也要保持優雅才行。我好想好想穿上短裙，到處跑，到處跳。

沒問題，一切就交給本大爺吧。

商店街裡，有一大堆賣衣服的商店。

「啊，該選哪一件才好呢？

這件花朵圖案的短裙很好看，

那件小圓點的也很漂亮。」

米昂公主一下子喜歡這一件，

一下子又喜歡那一件，

猶豫了好半天，

最後——

——她終於決定要買
這件粉紅色襯衫
和格子迷你裙。

因為頁數不夠，
沒有辦法畫出
米昂公主因為不知道
該買哪一件衣服，結果，
換了一套又一套的實況。
你可以把封底的衣服
剪下來，
或是影印右下角的衣服，
然後自己塗上顏色，
幫米昂公主變裝。

男生看了可能會大叫：
「我怎麼可能做這種事！」
沒關係，如果不想玩，
那就繼續往下看故事吧。
（但是，試試看的話，
說不定會覺得很有趣哦。）

沿線剪下

把這件衣服影印下來，塗上喜歡的顏色，就可以讓米昂公主穿上你設計的衣服。

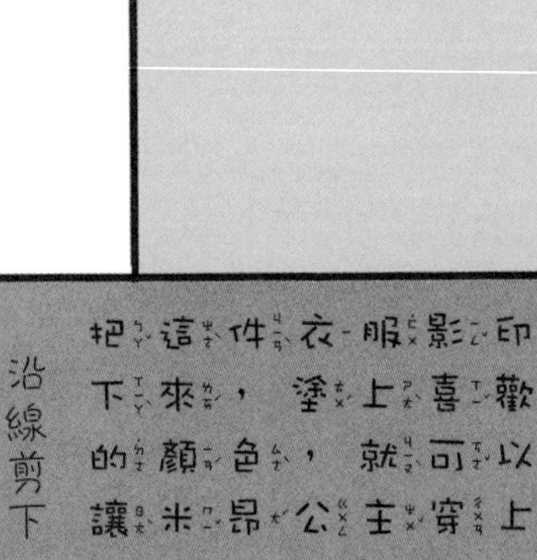

「佐羅力，你覺得好看嗎？」

「嗯、嗯，很可愛啊！伊豬豬、魯豬豬，對吧？」

「對啊，這件衣服穿在你身上很好看。」

「公主，你太美了。」

「但是，我覺得髮型和這套衣服很不配，

所以，我想去剪頭髮，

剪成可愛亮麗的短髮。」

話才剛剛說完，一頭飄逸長髮的米昂公主，

立刻轉身衝向美容院——

——然後，剪了這樣的髮型。

傍晚的時候，
佐羅力三人全累壞了，
一個個拖著疲憊的身體，
回到了公園。
他們陪著米昂公主逛了一整天，
她整個人都變得不一樣了。
陪女生逛街，
真不是一件輕鬆的事。

佐羅力正準備露營升火，
伊豬豬突然開口
對他說：
「佐羅力大師，
我們之前打工存的錢，
今天買東西全都用光了。
你看，連一毛錢都沒有了，
接下來該怎麼辦呢？」
米昂公主聽到了，說：

「錢？喔，你們是在說金幣。很簡單啊，只要到街上去，隨便打敗五、六隻怪獸，就可以得到很多很多金幣。呵呵，這種小事不必擔心啦。佐羅力，我們明天去遊樂園，好不好？♡」

她的話才說完，又倒頭睡著了。

打怪獸賺錢？
這裡可不是遊戲的世界，
怎麼可能這樣就輕鬆賺到錢。
對吧，佐羅力大師？
你說的沒錯。
但是啊，
我決定要去賺錢，
賺到讓公主去遊樂園玩的錢，
這可是我得到城堡、
成為國王的第一步。
嘻嘻呵呵。

佐羅力精神抖擻的
站了起來，說：

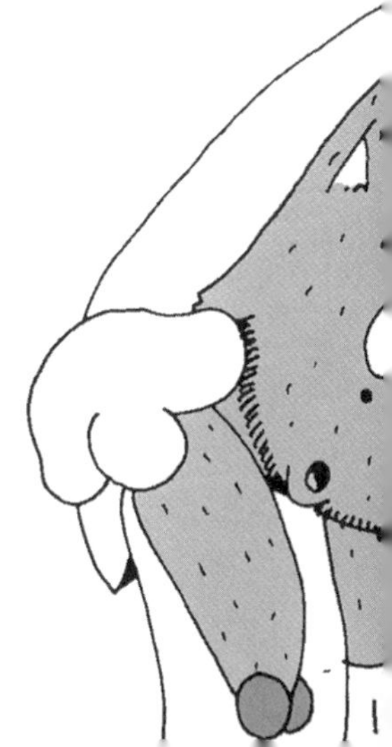

伊豬豬，你留在這裡，
好好保護公主。
魯豬豬，
我們兩個去找工作賺錢!!

話才說完，
他們就轉身離開了公園。

沒多久，佐羅力和魯豬豬就找到工作了，
他們去工地打工……

……他們兩個默默的認真工作，
一直到天色微微亮了起來。

因為剛好有人感冒請假，工地缺人手，幸虧有你們兩位來幫忙，真是太好了。來吧，這是你們的薪水。
你才幫了我們大忙呢。
那，明天晚上，我們還會再過來打工，一切拜託啦。
薪水袋

佐羅力和魯豬豬回到公園後，大約才睡了不到一個小時，還昏昏沉沉的，米昂公主就醒了，她的精神看起來特別好。

魯豬豬，撐著點。
嗯嗯
好想睡……

山麗鷗
彩虹樂園
佐羅力，快醒醒、快醒醒，你真愛睡懶覺，我們快點去遊樂園吧!!
呼~~讓我再睡一下下就好……
拖拖拖

米昂公主在遊樂園裡玩得不亦樂乎，每一種遊樂設施都要玩玩看。
佐羅力大師，你看，米昂公主玩得好開心啊。
對啊。看到她那可愛的笑容，我什麼睡意也沒有了。

等到天色漸漸暗了下來的時候，

伊豬豬突然靠在佐羅力的耳邊，不知道說了什麼。

「什麼？真的假的？」

8
9
超恐怖鬼屋
佐羅力大師，打、打擾一下……
嗯？怎麼了？有什麼事嗎？

原來，他們打工賺來的錢，
又幾乎快用光了。
可是，
米昂公主卻什麼也不知道。

接下來，
我還要去坐雲霄飛車。
大家一起跟我來啊！
快點過來——

米昂公主又蹦又跳，興奮的跑向雲霄飛車的售票口。

「佐羅力大師，就算只買一張票，也還差兩百圓，怎、怎麼辦才好呢？」

他們三個人忍不住煩惱起來。就在這時，

佐羅力三人回頭一看，驚訝的發現，許許多多可怕的怪獸，正把米昂公主團團圍住，不讓她離開。

那些怪獸，一定是在米昂公主逃走後，

從電視螢幕的裂縫跟著溜出來的，他們想把米昂公主抓回遊戲中。

「好，我們去救米昂公主，跟我來。」

佐羅力說完，立刻衝向那群怪獸，準備救公主。

獨眼龍哥布林要打右邊那個角，黏不拉幾史萊姆要打鼻子尖，豬孔雀要打嘴巴的尖端。

兩天前，佐羅力才剛玩過那個遊戲，所以很清楚這些遊戲裡的怪獸，有什麼弱點。

伊豬豬和魯豬豬
聽從佐羅力的指揮，
揮拳打了過去，
怪獸們一個又一個
全被打趴在地上。
佐羅力趁機
抱起米昂公主，
拔腿就跑，
一口氣衝出了遊樂園。

他們四個人終於安全回到公園裡，
總算鬆了一口氣。
「佐羅力，你今天又救了我一次，
謝謝你。」
「呼——，總算是把你救回來了。」
「佐羅力大師，我們錢包裡的錢
也總算是保住了。」
伊豬豬多嘴說了不該說的話。
米昂公主聽了後，說：

「咦？你們在擔心什麼嘛？你們剛才一下子打敗了那麼多怪獸，得到的金幣應該多得連錢包都裝不下了吧。所以，我決定了，你們明天要帶我去唱KTV，麻煩你們了，大家晚安。」

她若無其事的說完話，就又倒頭大睡了。

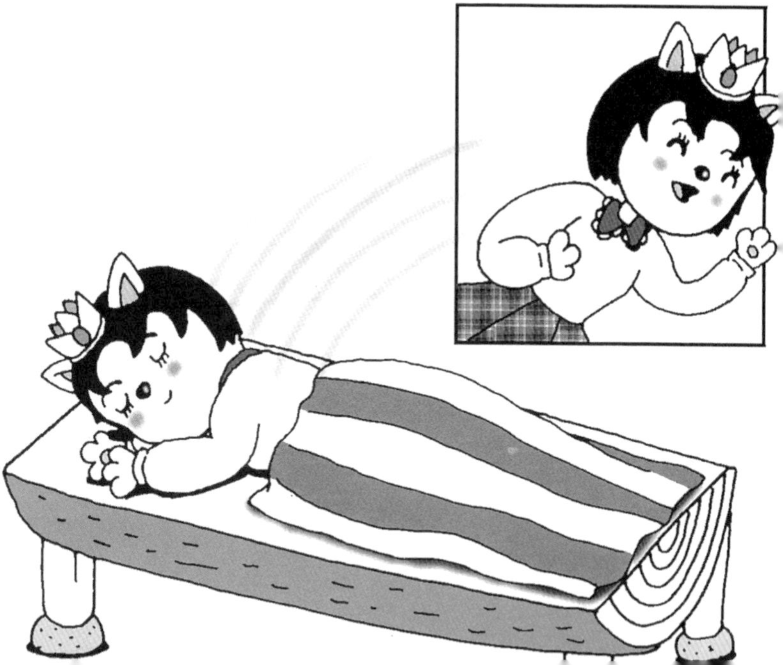

接下來，

佐羅力他們可還有事要做呢。

「魯豬豬，
今天晚上輪到你留下來
保護米昂公主。
千萬要小心那些怪獸。」

佐羅力交代完，就帶著伊豬豬，
躡手躡腳的出發，
以免不小心把米昂公主吵醒。

因為他們今天晚上，
又要去打工賺錢了。

第二天早晨，等到佐羅力和伊豬豬終於精疲力盡的回來了，米昂公主也剛好張開大眼睛，醒了過來。

啊呀，佐羅力，你們今天這麼早就起床了。你們是不是想早一點去KTV？不瞞你們說，我也很興奮，不如我們就現在出發吧。

米昂公主拉著佐羅力的手，
邁開大步，走進了一家KTV。
這家KTV，
從一大清早就開始營業了。

米昂公主拿起麥克風，
一首接著一首，
唱啊唱，
跳哇跳，
為自己終於獲得自由
而感到高興不已，
忍不住大聲歡唱。

她完全不理會佐羅力他們，
一個人隨著音樂節奏，

手舞足蹈的唱了十首、二十首、三十首，唱到欲罷不能。

對佐羅力他們來說，這樣也不錯，剛好可以躺在軟綿綿的沙發上，好好睡一覺，工作了一整個晚上，他們全都累壞了。

等到佐羅力三人醒過來，
已經是晚上了。
「啊，真是太開心了。
我唱太多歌，
喉嚨都快啞了。
好，那明天我們去電玩店打電動，
還要拍很多大頭貼，
對了，
我還想去吃可麗餅，

還有霜淇淋……
啊呀呀，
明天又要忙一天了。
那我就先回去睡覺啦。」

米昂公主一個人先回去了，
把佐羅力三人留在那裡。
佐羅力沒辦法，
只好拿著帳單，
走去櫃檯結帳。

各位讀者，你們一定覺得，
只不過在KTV唱歌，能花得了多少錢？
但是，相信你們也都很清楚，
伊豬豬和魯豬豬有多麼貪吃。

他們腦袋昏昏沉沉的時候，竟然把所有菜色統統都點來吃——
從這裡到這裡，我們全部統統要。
而且每一種來三份。

難怪我的肚子撐死了，原來是這麼一回事。
佐羅力大師，對不起。嗝！

付完帳之後，前一天打工賺來的錢，又全部花光光了。他們只能緊抓著空錢包，回到公園去。

而且在不知不覺中，也把所有食物統統吃光了。
噹！
呃呃！
你們看看發票有多長!!

不過，也因為在KTV裡好好的睡過一覺，
佐羅力的體力完全恢復了。
「我覺得只要再稍微加把勁，
就可以擄獲她的芳心。
事到如今，已經沒有退路了。
來吧，魯豬豬，
我們今晚也要去打工。
伊豬豬！
你要好好保護

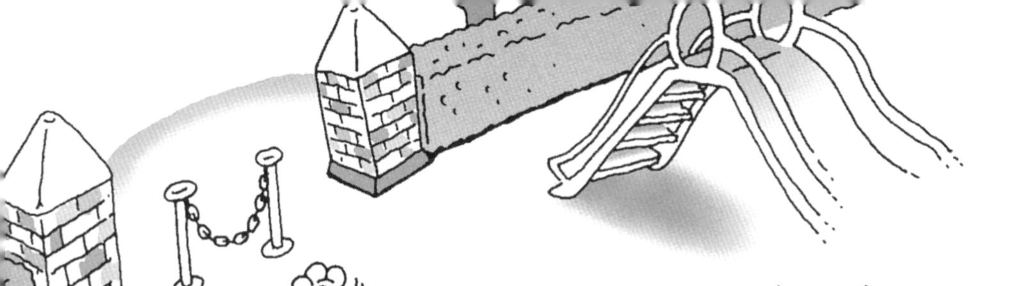

我們未來的皇后——
米昂公主。

伊豬豬，交給你了。
我們出門上班啦。」

佐羅力和魯豬豬
活力十足的出門了。
但是，
他剛才說話太大聲，
把米昂公主吵醒了。

（咦？佐羅力他們要去哪裡？
他們竟然想偷偷溜出去玩，太狡猾了，
我也要去！）

米昂公主跟在佐羅力身後，
一起走出了公園。

「啊，你要去哪裡？你不能離開，
你這樣佐羅力大師會罵我。」

伊豬豬也慌忙起身
去追米昂公主。

等到伊豬豬終於追上了，
他看見米昂公主正躲在樹後，
一臉納悶的看著
佐羅力他們辛苦的
在修路工地裡工作的樣子。
然後，她回頭問伊豬豬：
「佐羅力在幹什麼啊？
我看他們好像並沒有玩得很開心。」

「你、你在說什麼啊？
佐羅力大師不是在玩，而是在為你工作。
在這個世界裡，即使打敗怪獸，
也沒辦法拿到金幣。
米昂公主，
你買衣服、去遊樂園的錢，
都是佐羅力大師像現在這樣，
辛苦工作賺來的。」
米昂公主聽了——

一滴眼淚從她的臉頰上滑了下來，

她的內心很激動。

「我完全沒有想到，

佐羅力竟然為了我去賺錢，

甚至連覺都沒辦法睡……

而我卻整天只想著要玩，

實在太自私了。

我一定要好好謝謝佐羅力。」

米昂公主正想往佐羅力那裡跑過去，就在這時……

……不知道從哪裡冒出來一隻巨大的怪獸，抓住了米昂公主。

聽到米昂公主的慘叫聲，佐羅力火速趕了過來。

「你們這些臭怪獸，怎麼又來了？趕快放開米昂公主，否則，

本大爺就對你們不客氣!!」

佐羅力揮起十字鎬，

大聲喝斥。

沒想到，

這些怪獸竟然

在佐羅力的周圍，

圍成一圈，

然後——

——同時跪了下來。

「求求你，請你讓米昂公主回到遊戲的王國去。」

怪獸們全都流著眼淚哀求。

咦咦？這是怎麼一回事啊？

佐羅力

有點不知所措，

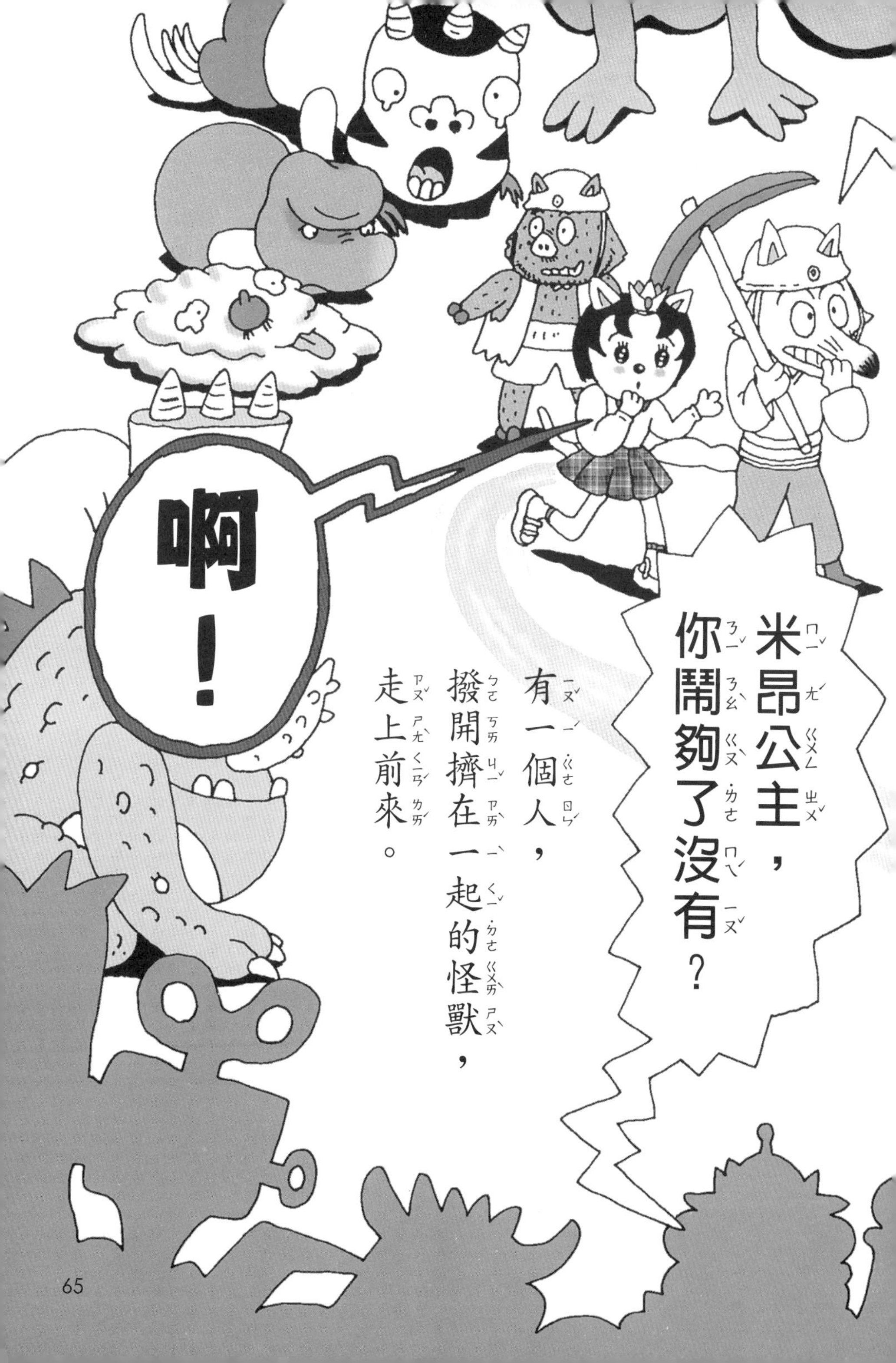
米昂公主，你鬧夠了沒有？
啊！

有一個人，撥開擠在一起的怪獸，走上前來。

原來他不是別人，正是遊戲王國裡的國王。

「自從你離開之後，我和你的母后，

每天都擔心得不得了，
晚上也都翻來覆去睡不著。
不光是這樣，
這些怪獸們也因為你走了，
遊戲沒辦法重新開始，
他們不知道該怎麼辦才好。
你難道不了解，
大家都需要你嗎？」
米昂公主聽了父王的話——

啊，我真的是全天下
最自私、最任性的公主。
只因為自己貪玩，
就從遊戲裡逃出來，
給佐羅力和遊戲中的大家
都添了很多的麻煩。
如果沒有我，遊戲就沒辦法開始。
遊戲不開始，
大家都沒有工作了。
對不起，我會回遊戲裡去，
而且，會乖乖的
留在遊戲裡當公主。

米昂公主意志堅定的說完這番話後，卻突然露出難過的表情。

「但是，我好難過，因為從此之後，我再也不能和佐羅力一起玩了。」

她輕聲的嘀咕著。於是——

「啊呀，啊呀，你不用難過，
只要我跟你一起到遊戲王國去，
問題不就解決了嗎？」
佐羅力握著米昂公主的手這麼說。

這時，
國王握著佐羅力的手說：
「真的嗎？
如果你也願意一起來，
那就太好了。

佐羅力大人，
你在遊樂園裡，
英勇的打敗了所有的怪獸，
表現得非常勇敢。
你完完全全有資格
以勇士的身分
來到我們遊戲的王國。
請你一定要和我女兒結婚，
繼承我的王位。」

佐羅力終於美夢成真了。

「哇喔，OK！OK！當然沒問題。」

「既然這麼決定了，

那我們趕快回遊戲王國去，

盡快開始進行婚禮的準備。」

聽到國王這麼說，

伊豬豬和魯豬豬忍不住歡呼：

「太好了，恭喜恭喜，

佐羅力大師終於要結婚了。

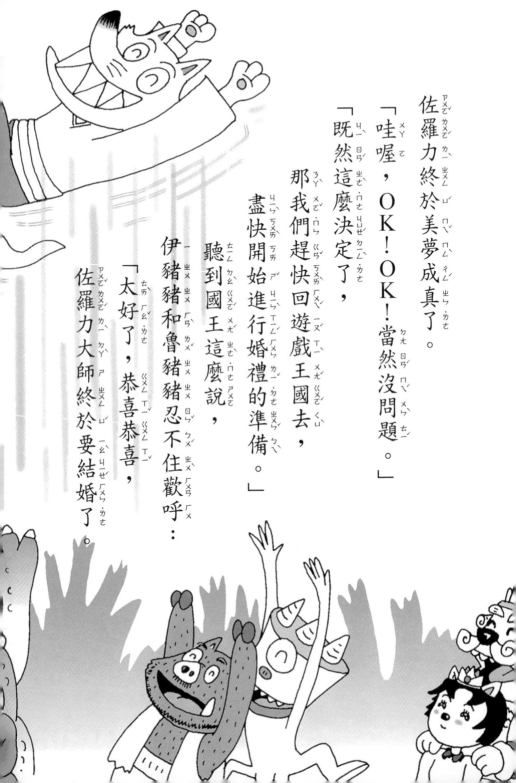

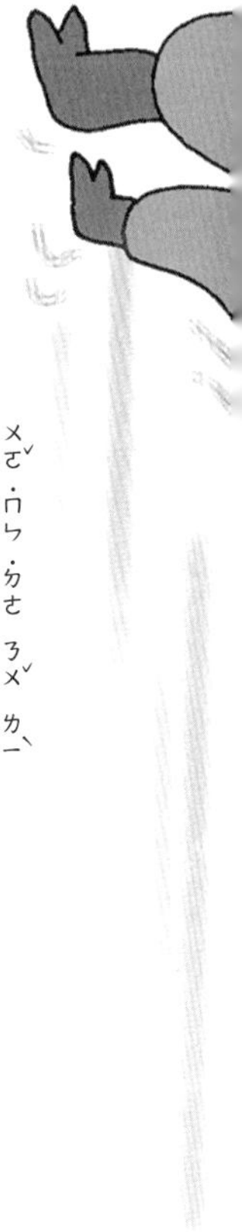

我們的努力，

也終於有了成果。」

大家一起把佐羅力拋向天空，

開心得不得了。

這時，原本留在遊戲中的一隻怪獸

上氣不接下氣的跑了過來，

對大家說：

「不、不好了，電玩店的老闆，

打算把我們的遊戲軟體砸爛。」

事情是這樣的。
這三天來，
電玩店的老闆
看到這個電玩遊戲的畫面上，
一直有一道黑色的裂縫，
不管怎麼樣都沒辦法玩，
就想辦法試著修理。
但是，
他怎麼修也修不好，
最後，
他終於忍無可忍，
新遊戲每人每次試玩
限時10分鐘。

對著遊戲機大發脾氣、破口大罵：
哼，氣死我了。這種爛遊戲，我看了就討厭！我要用榔頭把它砸爛！
卡噗

這真是太糟糕了。如果這個電玩遊戲軟體被老闆砸爛，米昂公主他們就無家可歸了。

啊，佐羅力真是太可靠了。
我們的王國，的的確確正好需要這種勇士。

「我們可能回不去遊戲裡了。」

「難道我們要在這裡生活嗎……？」

國王和怪獸都忍不住煩惱起來。

「國王陛下！絕不能輕言放棄，一切就交給本大爺吧。」

佐羅力話一說完，立刻變身成了怪傑佐羅力，就像是一陣風，飛也似的衝向電玩店。

佐羅力到底能不能保護遊戲軟體，不被電玩店老闆砸爛呢？

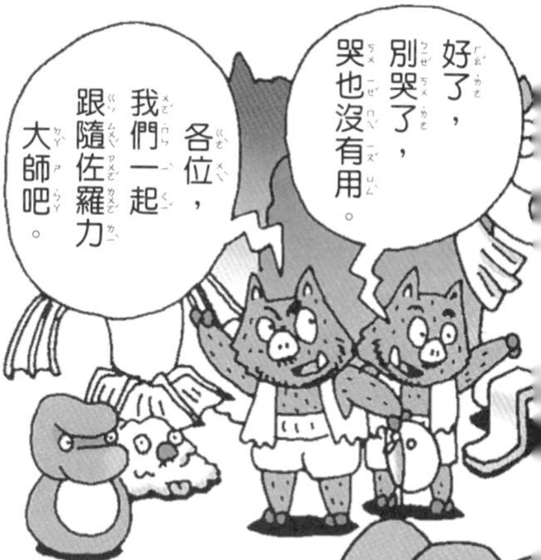
好了，別哭了，哭也沒有用。
各位，我們一起跟隨佐羅力大師吧。

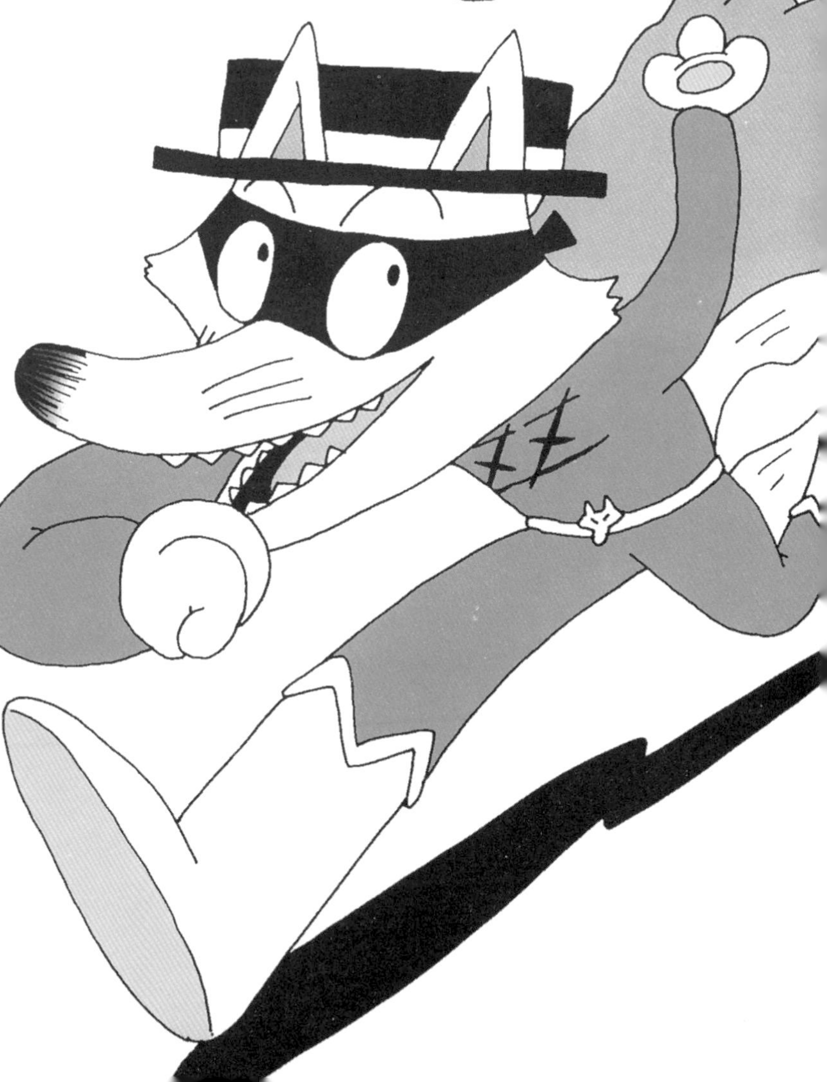

這時，電玩店的老闆正盯著遊戲軟體看，他說：

「雖然是新上市的遊戲，但是現在這樣根本沒辦法宣傳。可惡，我猜想八成是被那個莫名其妙的死狐狸玩壞的。唉，絕對不會錯，我真是愈想愈生氣。」

說完，他用力舉起了榔頭——

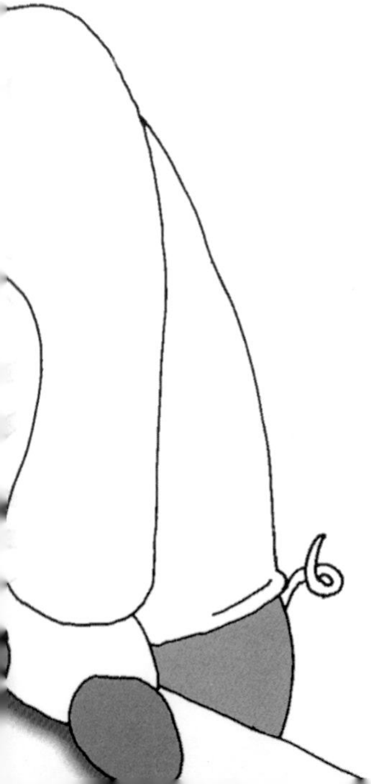

朝著遊戲軟體——

揮下去。

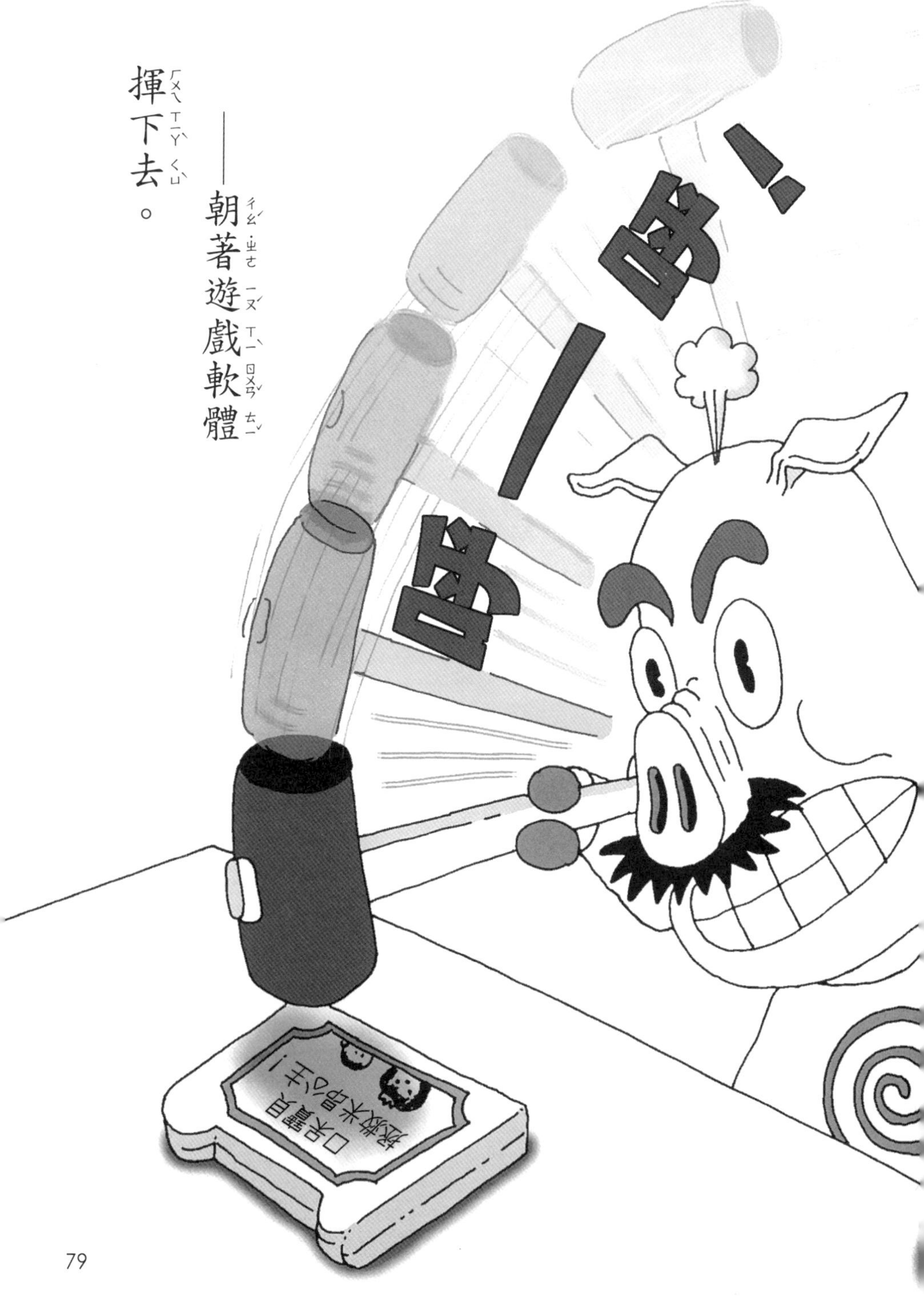

榔頭不偏不倚，
剛剛好打在
佐羅力的鼻子上。
真是千鈞一髮！
怪傑佐羅力總算
用他引以為傲的尖鼻子，
成功的保護了
那個遊戲軟體。

「太危險了，你想幹什麼？」

「是這樣的，老闆，因為我無論如何都想要玩這個遊戲。」

佐羅力摸著腫起來的鼻子，把遊戲軟體裝到遊戲機上，打開了電源。

「不行，不行，那個遊戲壞了，已經不能玩了。」

老闆說的沒錯，電視畫面上有一條黑色的裂縫，裡面黑漆漆的，遊戲的畫面一動也不動。

就在這時——

——伊豬豬和魯豬豬，
剛好率領所有的怪獸，
回到了電玩店。

「太好了，
佐羅力成功的保護了
我們的遊戲——」

怪獸們紛紛往電視螢幕的方向
跑過去。

電玩店的老闆，

突然被這麼一大群
可怕的怪獸團團包圍，
嚇得魂飛魄散，
一下子就昏了過去。
「趕快趁現在回去遊戲裡，
大家動作快一點。」
佐羅力牽著米昂公主的手，
準備從電視畫面的裂縫中，
走進遊戲裡——

新遊戲每人每次試玩
限時10分鐘。
得救了！
我們可以回去了！

「不能去，請你千萬不能去啊！」
伊豬豬和魯豬豬，
緊緊抓住佐羅力的大腿不放。
他們剛才不是還在為佐羅力
終於能夠如願結婚的事，
樂得手舞足蹈，
現在到底發生了什麼事？

來這裡的路上，國王告訴我們，一旦進去遊戲裡，就再也沒辦法回來這個世界了。
你們別說傻話了，他們不都可以自由自在的進進出出嗎？我會常常出來，回到這個世界來看你們的，不用擔心啦。
腫痛痛

不，佐羅力大人，
如果可以自由進進出出，
不知道哪一天，
又會再一次發生同樣的事件。
雖然我女兒找到了離開遊戲的祕技，
但我已經請人把這個祕技密封起來，
永遠都無法再使用了。

這時，
佐羅力的腦海中——

——想起了很多很多的事。
我其實已經沒有遺憾了。
不知道媽媽的幽靈會不會出現在遊戲裡，繼續保護本大爺呢？
開飛機的爸爸可能還活在世上，我是不是永遠都沒有機會再見到他了呢？
我不是和媽媽約定好，要在這個世界上建立一座雄偉的佐羅力城嗎？
在這個世界上，我真的沒有任何還沒有完成的事嗎？
到遊戲世界去，那裡的食物真的能合我的口味嗎？我吃得習慣嗎？

佐羅力左思右想，苦惱了半天，米昂公主跑了過來——

佐羅力，
我已經完全了解你的心意了。
如果我知道，
從此再也見不到父親大人和母親大人，
我就不會從遊戲的世界裡逃出來了。
我以後不會再自私任性了，
我希望你還是留在這個世界繼續大顯身手，
謝謝你帶給我很多美好的回憶。
佐羅力，我這輩子，
永遠都不會忘記你。

米昂公主緊緊握著佐羅力的手。

這時，電玩店的老闆發出了痛苦的呻吟聲：

「嗚嗚嗚──嗯。」

「喂，如果他醒過來的話，事情就麻煩了，大家動作快！」

在國王的催促下，大家急忙的回到了遊戲的世界裡。

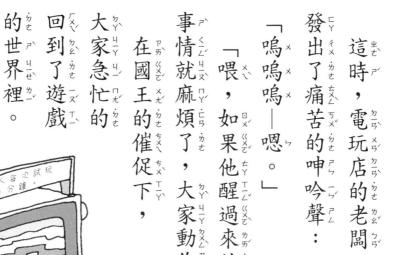

公主說完後，
電視上的裂縫就消失了，
電視螢幕的畫面，

回到遊戲中的
米昂公主，說：
「佐羅力，
記得偶爾要來
玩一下這個遊戲，
千萬不要忘記我喔。」

清楚的出現了GAME OVER幾個字。

新遊戲每人每次試玩
限時10分鐘。
GAME OVER
口呆寶貝
拯救米昂公主！

啊，佐羅力大師，
真是太好了。
幸好你改變主意，
沒有去遊戲的世界，
不然的話，
我們就永遠
再也見不到
佐羅力大師了。
那家電玩店的老闆
嚇得臉色發白，
渾身發抖的說：
「這個遊戲太可怕了，
我不要了，
你們趕快帶回家！」

米昂公主，等本大爺建好佐羅力城，一定會建造一個遊戲間，好好玩這個遊戲，你就等著這一天吧。好，本大爺不能繼續混日子了，一定要趕快把城堡建造起來。看我的！
口呆寶貝
拯救米昂公主！
從此之後，佐羅力又多了一個重要的寶貝。

作者簡介

原裕 Yutaka Hara

一九五三年出生於日本熊本縣，一九七四年獲得KFS創作比賽「講談社兒童圖書獎」，主要作品有《小小的森林》、《手套火箭的宇宙探險》、《寶貝木屐》、《小噗出門買東西》、《我也能變得和爸爸一樣嗎?》、【輕飄飄的巧克力島】系列、【膽小的鬼怪】系列、【菠菜人】系列、【怪傑佐羅力】系列、【鬼怪尤太】系列、【魔法的禮物】系列等。

譯者簡介

王蘊潔

專職日文譯者，旅日求學期間曾經寄宿日本家庭，深入體會日本文化內涵，從事翻譯工作至今二十餘年。熱愛閱讀，熱愛故事，除了或嚴肅或浪漫、或驚悚或溫馨的小說翻譯，也從翻譯童書的過程中，充分體會童心與幽默樂趣。曾經譯有《白色巨塔》、《博士熱愛的算式》、《哪啊哪啊神去村》等暢銷小說，也譯有【魔女宅急便】系列、【小小火車向前跑】系列、《大家一起來畫畫》、《大家一起做料理》【大家一起玩】系列等童書譯作。

臉書交流專頁：綿羊的譯心譯意。

目錄

H 生命值
M 魔法值

作者簡介
原裕

譯者簡介
王蘊潔

沿黑線剪開
沿灰線折起

如果你遭到從遊戲中逃出來的怪獸攻擊的話，這本書就可以派上用場、幫上大忙了。

不倒人

弱點

不管怎麼打、打了又打，他都會再站起來，是很難對付的怪獸

把口香糖黏在他身後，再擊倒，他就沒辦法再站起來了。

H 020
M 000

呱呱啦

弱點

一邊跳，一邊追著跑，不管到天涯海角，他都會緊追不放。

用繩子把他的嘴巴綁起來，讓他張不開嘴巴，或是把他的羽毛拔下來。

H 040
M 010

豬孔雀

弱點

是一種同時具備美麗和醜陋兩種特質的怪獸。

只要看《怪傑佐羅力之電玩大危機》，就知道他的弱點了。

H 080
M 100

獨眼龍哥布林 黏不拉幾史萊姆

弱點

這兩隻怪獸形影不離，雖然不怎麼厲害，總是扭啊扭的出現。

只要看《怪傑佐羅力之電玩大危機》，就知道他們的弱點了。

H 170
M 120

奧嘰嘰弱嘰

弱點

以前曾經是某電玩遊戲的主角怪獸，現在只能當配角。

面對他時，右側第三個眼睛很弱。

H 150
M 200

不要整天只顧著玩遊戲，也別忘了要看本大爺的書哦。

佐羅力大師的書在全國各地的書店都大受好評喔。趕快去買來看吧！

吼嘿

弱點

雖然很笨，但力氣很大。

把花生塞進他的鼻孔，他就投降了。

H 200
M 280

嗚吼哈

弱點

很聰明，會設下陷阱，要特別小心。

很喜歡笑，只要在他的腋下搔癢，讓他笑出來，他就沒力氣了。

H 310
M 160

卡昆巧

弱點

會用他龐大的身體把人踩扁。

把他打倒，仰躺在地上，他就站不起來了。

H 450
M 220

大聲公

弱點

聲音大得驚人，讓人害怕。

把感冒的細菌丟進他的嘴巴，讓他的喉嚨發炎，就不能大聲說話了。

H 530
M 300

巫嘉魯斯

弱點

最厲害的怪獸，就是他綁架了米昂公主。

在雷神事件，他的腦袋被劈成了兩半。

H1020
M 990

口呆寶貝
拯救米昂公主！
怪獸攻略手冊
非賣品
特別附錄
製作的方法
寫在本書的最後面。
沿紅線剪開
沿藍線折起
這是本大爺送給各位讀者的禮物。
怪獸攻略手冊
口呆寶貝
拯救米昂公主！
1
特別附錄的附錄
作者原裕的紙娃娃
24
不倒人
3
巫嘉魯斯
22
呱呱啦
5
大聲公
20
豬孔雀
7
卡昆巧
18
獨眼龍哥布林
黏不拉幾史萊姆
9
嗚吼哈
16
奧嘰嘰弱嘰
11
吼嘿
14

國家圖書館出版品預行編目資料

怪傑佐羅力之電玩大危機
原裕 文、圖；王蘊潔 譯 --
第一版. -- 台北市：天下雜誌, 2013.04
96 面；14.9x21公分. --（怪傑佐羅力系列；22）
譯自：かいけつゾロリのテレビゲームききいっぱつ
ISBN 978-986-241-635-8（精裝）
861.59　　101024777

怪傑佐羅力系列22

怪傑佐羅力之電玩大危機

作者｜原裕
譯者｜王蘊潔
責任編輯｜黃雅妮
特約編輯｜游嘉惠
美術設計｜蕭雅慧

天下雜誌群創辦人｜殷允芃
董事長兼執行長｜何琦瑜
媒體暨產品事業群
總經理｜游玉雪
副總經理｜林彥傑
總編輯｜林欣靜
行銷總監｜林育菁
資深主編｜蔡忠琦
版權主任｜何晨瑋、黃微真

出版者｜親子天下股份有限公司
地址｜台北市 104 建國北路一段 96 號 4 樓
電話｜（02）2509-2800
傳真｜（02）2509-2462
網址｜www.parenting.com.tw
讀者服務專線｜（02）2662-0332
週一～週五：09:00~17:30
讀者服務傳真｜（02）2662-6048
客服信箱｜parenting@cw.com.tw

法律顧問｜台英國際商務法律事務所・羅明通律師
製版印刷｜中原造像股份有限公司
總經銷｜大和圖書有限公司
電話｜（02）8990-2588

出版日期｜2013 年 4 月第一版第一次印行
2023 年 8 月第一版第十七次印行
定價｜250 元
書號｜BCKCH059P
ISBN｜978-986-241-635-8（精裝）

訂購服務
親子天下 Shopping｜shopping.parenting.com.tw
海外・大量訂購｜parenting@cw.com.tw
書香花園｜台北市建國北路二段 6 巷 11 號
電話（02）2506-1635
劃撥帳號｜50331356 親子天下股份有限公司

有聲故事書

兩大特別附錄的玩法與製作方法

為米昂公主換裝遊戲

①

・把米昂公主的衣服從本書的書封底剪下來。

注

不想把封底剪壞的讀者，可以使用彩色影印之後，再剪下來玩。

②

・影印 22 頁右下方米昂公主的衣服，畫上自己喜歡的圖案，塗上喜歡的顏色，再剪下來。

注

也可以自己為米昂公主製作新衣服。

③

・把①和②剪下來的衣服放在 22 頁米昂公主的身上，搭配各種造型。

口呆寶貝（拯救米昂公主!!）怪獸攻略手冊

①

・先把本書最後一頁附贈的附錄整張剪下來，再沿著粗紅線剪開。

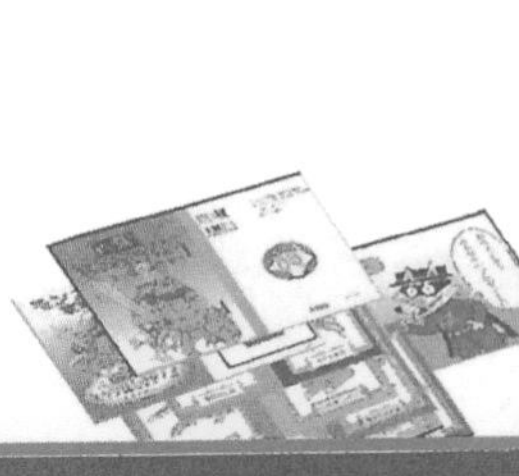

②

・除了說明卡以外，將另外七張放在一起，沿著藍色的線對折。

把封面放在最外側，按照頁數的順序排好。

③

・在摺口用釘書機固定兩個地方就完成了。

平時放在口袋裡，可以隨時拿出來，應付突然跑出來的怪獸攻擊 !!